김은영 창작시집

내 노래에 날개가 있다면

애월 김은영 시인 , 시낭송가

상지영서대학교 졸업
(전)예촌문학회 부회장
(전)국제문학바탕문인협회 강원지회장
(현)등불문학문학회 회장
(현) 인향문단 편집위원
원주시 문학백일장 장려상
내일신문 시민공모전 입상
이효석 메밀축제 수필 공모전 입상
한국시낭송 대회 장려상
국제문학바탕문인 협회 공로상
문학바탕 월간지 다수 수록
국제문학바탕문인협회 시와 에세이 2 참여
국제문학바탕문인협회 시와 에세이 8 참여
국재문학바탕문인협회 시와 에세이 15 참여
제1시집 [엄마의 비밀(문학바탕)] 출간
queen9977@hanmail.net

김은영 창작시집
내 노래에 날개가 있다면

초판1쇄 인쇄 | 2020년 1월 10일
초판1쇄 발행 | 2020년 1월 10일
펴낸곳 | 도서출판 그림책
발행인 | 장문정
주 소 | 경기도 수원시 영통구 이의동 웰빙타운로 70
전 화 | 070 – 4105 – 8439
E – mail | khbang21@naver.com
지은이 | 김은영
표지디자인 | 토마토

내 노래에 날개가 있다면

김은영 창작시집
내 노래에 날개가 있다면- 엄마의 비밀에 이어 2집을 내면서

감사할 조건들이 얼마나 많았는지
잊고 살은 내가 오늘은
고마운 일들에 대해 다시 생각해 봅니다

"나 어릴 적
아버지는 아래 보고 살아라.
각인시켰던 우리 맹자 아버지…….
공자, 맹자 찾아서 나는 핸드폰에 맹자 아버지라고 할 만큼
유난히 한문을 쓰시면서
"내가 나를 귀하게 여겨야 남도 자신을 귀하게 여긴다."
말씀 하셨던 것이 생각나는데 나는 이제 내가 귀해졌습니다.
나는 보잘 것 없는 딸인가 보다
남들에게 쓸모없는 사람인가 보다
여기며 살 때가 많았습니다.
이제는 금은 보다 더 귀한 소중함을 알기에
남도 사랑하고 나도 사랑하면서 살려 합니다.

나는 참으로
잘 살았고 열심히 살아왔습니다.

이날까지 어머니 아버지께 고맙고 감사하다는 소리

사랑한다. 소리 한번 못했지만

풍부한 감성을 만들어 주신 부모님께

"사랑합니다, 고맙습니다, 감사합니다"라는 말 크게 외쳐 봅니다.

착한 남편에게도 진심을 다하여 사랑하고

이 세상에 살아갈 의무감을 주게 한 두 아가들

민석 ,도연이가 있어 정말 행복합니다.

나를 지극히 사랑하는 하나님께

오늘은 더욱더 감사와 찬양을 드리며

내 어깨를 두드려 주시는 주님

늘 기도로 소통 하겠습니다

앞으로는 기도하는 마음으로

나는 앞으로 몇 권의 시집을 내면서 많은 사람들에게

문학을 사랑하는 일을 할 것이라 약속합니다.

도전과 모험으로 아래를 보고 열심히 살 것이며

이 세상의 영혼에 호흡이 닿는 곳에는 언제나 나의 시가

있기를 기도합니다.

김은영 창작시집

내 노래에 날개가 있다면

내 노래에 날개가 있다면 1부

지금, 이 순간을 살아가며

내 노래에 날개가 있다면 2부

내가 사랑하는 가족들

내 노래에 날개가 있다면 3부

나에게 사랑이 찾아오면

김은영 창작시집
내 노래에 날개가 있다면 1부

지금, 이 순간을 살아가며

삶을 뒤돌아보면서

일어서자
보이는 것이 전부일 수 없다
때론 보이지 않는 것에
오뚝이처럼
힘이 있다는 걸 알았으면

어려운 시련 감당치 못할 것 없다
피할 길 있기에 시련도 있는 것
스스로 해결 하려 하지 말고
하늘의 지혜를 구하자

지금 이 순간

오늘은 현실이다
내일은 희망이다
모래는 미래다
미래는 죽음이다

유비무환

오늘이 힘들다 하여
문에 기대어 보았다

누군가 예고 없이
열어보는 문에서
어디로 넘어질지
알 수 없는 상태

오늘을 준비하고
내일을
강하게 다져보자

옥토

마음에
자갈과 돌덩이가 가득하여
선한 씨앗이 자랄 수가 없다

큰 바윗덩이
군데군데 잡초들
심장에서 싹을 틔우고
온몸에 퍼져 있는 독

예수를 팔아먹은
유다와 같았다

귀중한 선택

오늘 급하다 하여
빠른 길로 가야하나

잠시 불편하다 하여
좋은 것을 찾아 가야 하나

멈춰 서서 한번쯤
생각해 보아야 하지 않겠는가

이리 갈까 저리 갈까
망설이는 사이
선택의 여지가 없이
시간은 나를 삼키려 하고 있다

가치

맛있는 것을 찾아
돌아다녔다
빛깔 좋은 것을 찾아
헤매였다

그리고
가장 귀한 보물 찾으러
세상을 떠돌아다녀도
귀한 것은
내안에 있었다

소탐대실 小貪大失

몇 푼 아끼려다
자장면 먹었다

혼자 먹으려다
식당 갔더니 아는
사람들이 많아서
돈 다 내주고 나왔다

몇 푼 때문에
내 영혼에
뿌리 내렸다

교통법규

한번쯤 무단 횡단하다가
벌침 크게 맞을 줄 알았다

정신 차리라고
따끔하게
혼내준 벌금

경찰 아저씨
호루라기 소리에 놀라
법의 심판 받았다

언어가 달라도

심장 벌렁대게 했던 필리핀
핸드폰이 비행기 모드로 들어가는 순간
불안하고 두려운 것은 현지에서 만날
외국인 때문에 불안했다

한소쿠리 담아간 타갈로그어
뭐를 물어 봐야 하는지
어찌 대답해야 하는지
바닥이 고갈됐다

무엇인가 얻어오고
보람, 행복, 기쁨 따위는
잠시
알던 단어도 수없이 읽었지만
쉴 새 없이 퉁김질해서
헛소리로 튀어 나왔다

아이 돈 노우
노우 언더스텐
이런 제기랄……

뭐가 그리 어려운지
외국인들은
"한국말 너무 어려워"라고 하지만
그래도 바디랭귀지라도
동냥하여 입만 바라보았다

언어가 다르다하여
그들이 나를
내가 그들을
소통할 수 없는 것은 아니다
그래도 우리는 지구 덩어리 안에 하나다

무엇이 문제일까

어떤 것들이 나를 행복하게 할 것인가
허접한 생각이 복잡한 뇌리를 흔든다
마음껏 헤집고 다닐 때
허수아비 같은 나를
바람 속으로 데려가 버리고

저녁노을, 어제의 일상
태풍이 몰고 간 흔적
울음과 탄성 듣지 못하고
자기 할 일만 하고 떠나는 바람

뉴스에서 보도되는 아시안 게임
어제의 통쾌한 축구
아직 사라지지 않은 감정
누적된 행복에 신난 사람들
제어가 안 되는 못된 행각들
한탄과 눈물
매스컴 속에서 눈물바다 되어
마음 속 깊이 강물 이루고 있다

이산가족 상봉,
지구 뜨겁게 만드는 캘리포니아 산불
뒤 흔드는 지진,
마음 후벼 파는 사연들
나만 잘 살려고 애쓰면 뭐 하나
지구는 몸살이 나 있는데
여전히 진행형이다

싸움구경

옆에서 소리 지르고
싸우는데
그냥 그렇게
가만히 바라보고

싸움구경 이렇게
몰두 할 수 있는 걸까
아무 것도 못하게
재밌었다

교회 가는 길

그 옛날 엿장수 가위 소리
가마솥 여름
추억 속에 넣고 팔팔 끓인다

고물이랑 엿 바꿔 먹던 생각
구겨진 냄비, 오래된 석유곤로
풍로, 망가진 다리미, 잡동사니들
비누로 바꾸고 돈으로 바꾸기도 하고
라면, 미원 살림살이의 일부
구판장에 있을 만한 품목
대부분 리어카에 있었고
리어카는 생산 공장이었다

벌겋게 달아오른 현대식 리어카
분리수거 관계없이
하드나 아이스깨끼 없지만
고물 가져가도 되냐고 물어 봐도
구수한 대답은 없고
도깨비 뿔난 엿장수

땀 흘린 고령의 아저씨
그리 탐 낼만큼 주머니 무겁지 않지만
장단 맞추어 가위질 능숙한 솜씨

뜨거운 햇살 맞추어
요란하게 능란하게
춤 한번 춰 보고 싶을 만큼

장기자랑 대단하다

비료포대, 쌀자루 많았던 우리 집
가끔씩 누군가 싹 쓸어 갔다고
아버지의 고함
하늘을 찌를 때면 가슴이 뜨끔
심금 울리고 사라지는
예배당 종소리

절제의 고독

추울 때나 더울 때나
내 곁을 떠나지 않는 네가 있어
절제위에서 춤출 수 있었다

현란한 네온사인에 비춘 자신
때론 한 잔 술과 바꾸고 싶을 때
절제의 칼날이
언제나 시퍼렇게 서 있었다

마음이 아파 가슴이 심하게 파손되면
바다로 항해하고 싶은 욕구
선착장으로 귀항하게 했던
너의 뱃고동 소리
정열의 수평선이 물결 속에서
심장 박동시키고
가정 이탈하고 싶은 욕망
이곳저곳 혈관 헤엄쳐 다니면

절제의 고독 속에 머문다
여인 그대로의 자태만 소유하고
절제의 경계선에서 망설이게 하지만
고독과 싸워 이겨야 하는 의무가 있다

유혹의 질타는 머릿속을 갉아먹지만
남편의 사랑과 아이들의 행복
나는 가장 아름다웠다

이치理致

거꾸로 흐르는 물 없지만
바람이 마주하면 물결과 파도
거꾸로 칠 수가 있다네

힘겨운 일 흘러간다면
돌아보는 시간 가져 볼 수 있는데

세상 이치대로 시간이 흐르면
세월이 따라가고
감정 폭풍처럼 치어 오르면
내 자리 벗어나려고 발버둥 친다

빗속에 그려진

보슬비, 잔잔히 내리기 시작할 때
그저 마음 적시거니
70년대 팝송, 추억에 젖어
마음 휘저어 놓으면
함께 나누었던 사진틀

꼬부랑 할머니 되어도
언제까지 추억 잊지 말자

거짓말 같은 약속 해놓고
흐려진 빗속 스며 들어
거세지는 빗소리
처량하다 울부짖는 우산
나를 향해 손짓하네

예쁘게 그려진 여울진 추억
긴 장화 신고 노란 우산 쓰고
어릴 적 함께 했던 그 그림
빗속이 그렇게
아름답게 느껴질 수가

마음이 흩어져 있는 물방울
무엇 해도 어디 가도
어떤 것들 먹어도
따뜻한 커피 마셔도
그 옛날 내가 아닌
낡은 영혼 물들어 있다

달인이다

살아가는
방법도 여러 가지다
무슨 일 하든
최선을 다하는 것이

은행나무

가을이 좋다
떨어지는 노란 은행나무 아래
사그락 거리는 잎을 밟으며
적어도 은행나무만 같았으면 좋겠다

보기도 좋은 아름다운 색으로
책갈피에 살짝 끼어 놓으면
책속 그 길은 노란 천국이다

냄새 나서 부담스럽지만
건강 지켜주는 열매
아무것도 버릴 것 없는
은행나무이고 싶다

가을 오면
이슬로 몸부림쳐
다가오는 알갱이
몸치장 하는 것 보다
더 예쁘게 냄새 풍긴다

대상포진

깊이 사랑한 만큼
크기 커가고
일렁거리며 흔들거리는 혈관문

마음 따라 이별은 커가고
애증이 크면 클수록
봄바람 이유 없이 견디어 주기를

너무도 추워서
너무도 아파서

신경세포들 가슴 시리게 살 에는 듯
약을 먹어도 발라도
아물지 않고 후벼 파는
이 고통

밤마다 요동치는 전쟁으로
몸서리 쳐진다

믿음

그립다 말하는 그리움
보고 싶다 말하는 보고픔
사랑한다고 말하는 사랑
그런 유치한 단어

싸움하는 것이라면
얼마든지 인내 할 수 있다

심장 돌로 깨고
며칠 추슬러 방황하고 용서
그리고 상처

발등에 믿고 싶은
도끼 한 자루 꽂았다

초가을

햇볕에 그을린 초가을
여름 선뜻 내보내고
마중나간
저녁노을

바람 몰고 와
보낼 생각도 없고
놔 주고 싶지도 않는데

허락도 없이
마음이 먼저 느낀다

기억

우리는 사랑을 배우고
사랑 나누는 것에 인색해 합니다

나의 뇌는 잘해 준 것에 대해서는
잘 기억하지 못했습니다

내게 문제가 있다고 생각하지 못하고
그저 나쁜 것만 기억을 잘 합니다

잊어버리고 싶은 기억
걱정 근심 가득 채울 때 많습니다
부모님이 나에게
잘해준 것에 대한 기억은 잘 안 합니다

아이들 생각하면 눈물만 나오고
심장이 아파 가슴 칩니다

내 자식도 내가 못해 준 것만 기억할 겁니다
목숨도 희생할 만큼 사랑하지만
바라기는 엄청 바란다 할 겁니다

내 형제가 내게 서운하게 한 것만
생각날 때 사랑 넘치는 형제였다는 것
모르고 살았습니다

내 이웃은 나에게 못해 준 것만 기억 할뿐
잘 해준 것에 대한 기억은 하지 못 합니다

아홉 번 잘해 준 것은 단 한번
서운하게 함으로 무너질 때가 많기 때문입니다

우리의 뇌는 행복한 시절에 대한
기쁨을 느낄 겨를도 없이 자신의 부족함에 인색해집니다

좋은 것만 기억하는 브레인(Brain)이었으면…
조용히 기도해 봅니다

십 원짜리 동전

노란 색
누구하나 주우려 하는 사람도
관심 갖는 이도 없어
동전 서럽게 앉아 있다

그나마
옛날 동전 크기라도 하지
신 동전
괄시 받으며 하늘 향해 벌렁 누워서
지나가던 젊은 부부의 한마디
어머나!
십 원짜리네
돈에 가치 떨어트린 후 발로 비벼보고
줍지도 않고 지나간다

얼른 달려가 줍지만
나를 쳐다보는 시선들 우습다

십 원짜리 동전 마저도 못한
내 행동인가
당당하게 쓰임새가 많은
그는 나라에 기여(寄與)라도 하는데
나는
어디 쓸모가 있을까

벽

벽이 얇아질수록
상대를 사랑했다는 것을 알았고
벽이 두꺼울수록
미움이 커져 있는 것을 알았다

두꺼운 벽 허물기 위해
자신과 땀 흘리며
지치도록 싸웠다

자신을 낮추려 하면 할수록
높은 성은 더 높아만 가고
무섭게 자신의 뇌를 괴롭히는
용서의 조각들이 투명하게 남아
살을 뜯어내고
뼈를 삭히는 아픔이 크다

무선전화기

생명 다 한 듯 들렸다 안 들렸다
반복하는 전화기

병원에 가보니
배터리가 제 역할 하지 못해
담당의사 손에서
옷이 홀랑 벗겨지니
우습지만 그는 많이 아프다

해체 된 몸체 사이로
눈물이 뚝뚝 떨어져
조금 전 원래 모습 찾기 힘들고
부속들만 여기저기 널브러져
다시 옷 입혀 주고 싶은 심정

지금 그는 중환자

먼지 때문에 골치가 아프고
삐거덕 거리는 녹슨 나사
자기 자리 찾기 위해
산소 호흡기 의존하고 있다

알이 박힌 나사들과 회로
벗겨진 몸은
지금에 내 몸인 듯 겸손으로 포장하고

화사한 옷과 화장
과장된 병든 몸
"고객님 수리가 다 되었습니다"
의사의 말

예쁜 옷 입고 화사한 목소리로
돌아온 그가
생동감 있는 봄의 날개 펴고
세월을 향해 날아가려 한다

모닥불 추억

뒤돌아 보건대
아름다운 모닥불 미소
하나둘씩 불속에 잘 구워져

꺼질만 하면 둥글게 둘러앉아
작은 주머니에서 꺼내 달라 소리친다

시퍼런 강가
발뒤꿈치 간질거리던 모래
영글어진 통기타 소리
바스삭 거리는 옥수수 밭
연인들의 입맞춤소리
찬 이슬 하얗게 내려앉아

동이 트기 전
사랑으로 걸음주고
노래와 박수, 다이아몬드 춤
나부끼는 모닥불의 짜릿함

꺼져 가려 발버둥치는 내일
발갛게 잘 익은 풀잎에 누웠고
내일 없는 오늘이 좋았다

삼삼오오 수박서리, 오이서리
참외밭 주인장 눈동자 반짝이고

잡히기만 하면 반은 죽음이다

우정, 사랑, 동창도 없다
도망치고 봐야 한다
다급한 나머지 물속에 뛰어든 친구
월척에 놀란 낚시꾼 바늘에 걸려
한바탕 소동 일어나 난리법석

길고 짧은 내놓지 못한 사연들
애써 잊으려 해도 잊혀 지지 않는
맑고 투명한 그때를 아십니까?

보따리 보따리 쌓인
가지런한 추억
날아갈 듯 외치면
잿빛 무수한 별들에게
사뿐히 하늘에 걸어놓으라 한다

빈자리

무엇을 채워야 매서운 추위는
나를 등질까?
한해가 또 실없이
나의 의견과 상관 없이
흘러가고 있다

이 밤 하얗게 노출시킨
쌓인 눈 속에
늘 그 자리이고 싶었지만
야속한 넌 나에게 묻지도 않고
한살 더 주고 가는구나

너를 탓하지 말아야 하지만
매정하게 돌아서 버리는
그림자
늙어가는 나를 발견하고 사라진다

숨 쉬며 살았다 하기엔
부끄럽고
뒤돌아 보기엔 아쉬워
후회하고
미래 설계하기엔 늦었고

그냥 가는 세월 앞에
조용히 끌고 가라 말하고 싶다

욕심

달이 없어도
해가 없어도
별이 없어도
가슴속에서 살아 움트는
욕심

이 세상 모든 것이 그의 친구
단 하루도 인정할 수 없는 진실

이 세상 소유욕으로 차 있어
돈으로 감춰진 노예들의 함성
천지 뒤덮은 가시들
단 하루도
단 하루라도
입이 열 개라도
바꿀 수 없는 이 현실

세월이 부르거든

흠이 없어서 그대는
봄에 피는 꽃이었던가
이름이 있고
뿌리가 내리고 잎이 났기에
향기를 품을 줄 알고
아름다운 자태가
살아 있는 것이 아닌가

억지로 감추려 하지 말게나
그대는 그대가 만족하여
그대의 삶을 살아가는 것이 아니지 않는가

다듬고 다듬어서
품성을 만들어내듯
봄꽃이 아니라면
차라리 가을에 피는 장미꽃의
겸손을 배우게

열심히 살게나
힘을 잃지 않는 삶이라면
무엇이든 못하겠는가
자네의 독백이
차가운 땅을 향해 걸어간 듯
울어 줄 이 누가 있겠는가

둥글둥글 하게 살아가게
그대의 삶은 누가 잡지도
밀지도 않을 것이니
세월이 자네를 유혹해도
중년의 나이가 자네를 불러도
그냥 따라가게나
더 이상 아무런 토도 달지 말고

친구에게

다시는 사랑 따윈 않겠다고
혼자 약속하면서
낙엽이 떨어지면
흰 눈이 오기 전
황금물결 벗 삼아
친구가 있었으면
하는 바람으로 가을을 걷는다

뒹구는 낙엽 한 잎 주워
시 한편 써 보고
'친구에게'라는
편지 곱게 써내려
반려자가 아닌 친구로
내 곁에 남아달라는
가을노래 적고 싶다

부담스런 관계 아닌
바라보면 따스한 사람
곁에 있으면
설레지 않고 편한 사람
서로의 눈빛을 보면
몸이 가지 않는 마음이 먼저인
그런 사람

아!
눈을 감으면 감정이 앞서는 바람소리
쓸쓸해서 누군가 손등을 톡 건드리면

눈물 나올 것 같은 이 가을
아픔이 오는 사랑은 싫다

친한 벗이 있어
내일이 있다는 것을 알게 해주는
그런 사람이 좋다

그리움보다 더 아름다운
향기가 물신 풍기는
낙엽에 네가 있어 행복하다는
편지
가을을 가득 담아
친구에게 보내고 싶다

20대가 그립다

심장이 터질 것 같다
표현이 무색하리 만큼
당연한 표현이지만
온몸을 다해 사랑했던 20대
숨이 차서 잠을 잘 수가 없다

50평생 조용한 숨소리로 인해
그렇게 많은 눈물을 쏟아본
일이 없어서인가
그로 인해 행복한 날
그로 인해 슬펐던 날

보고파 죽을 것 같다
잊으려고 발버둥 칠 때마다
문득 문득 움트는 그의 미소 때문에
아무 것도 할 수가 없다

심장 속에 흐르는 피가 전쟁을 치르고
고작 청춘타령으로 늦은 밤을 부여안고
아무 것도 먹지 못한 채 시체가 되어
언제까지 보고파 하면서 뒷전에서
그림자만 만지작거리며

복잡한 머리가 아파 죽을 것 같다
두뇌 속에
온통 청춘은 세월만 서성이고

무엇을 해야 하는지 모르는 주름살
아무 것도 할 수 없게 묶어 놓았다

신경만 늘어 가고
흰머리만 예민해지고
그냥 그대로 눈을 감아 버리고 싶은
유혹에 빠져 그리운 청춘
불혹이 밉기만 하다

그런 날이 오면 좋겠다

젊은 시절
곱게 살았던 그가
참으로 잘 살았지?
죽은 시체 앞에서
땅속으로 들어가기 전
사람들의 대화가 칭찬으로 들리는
삶을 살았으면 좋겠다

늘 아등바등 대며
이기적인 자신을 다스리기에
묶어두고 포장하고
언제나 가슴으로 삼키는 어리석음은
지나친 건강을 해치며 어둠 방황하는
그림자들 제거 하지 않은 채
욕심내며 살기에 급급했다

죽음에 이르면
누군들 알아주랴
그런 날이 오면 좋겠다

하나님을 신실이 믿는 종이요
세상에 존경 받을 만한
품위 있는 행동으로
사람들의 이목을 주목받을 수 있으며
그냥 바라만보아도 천사 같은 미소가
줄줄 흐르는 여인이면 어떨까?

짧은 세상 살면서
좋은 소리만 들으며 살수 없지만
이왕 사는 것, 가죽을 남기는 일보다
이름 속에 들어있는 품성으로
그는 죽었어도 인생 참 잘 살았지?
그런 소리 들으며 홀몸으로
돌아가고 싶다

이름

내가 가야할 땅
내가 가야 할 관속
내가 해야 할 것은
용서
마지막으로 남길 것은
이름

구조대

조난된 배에서
구조대를 기다리는 희망

오늘 일을 걱정하지 않고
날마다 일어나는
세상적인 사건사고

무엇을 기다리며 살아가는지
험한 세상 구조할 그가 재림할 때
분명 마지막 돌아볼 기회는 없다

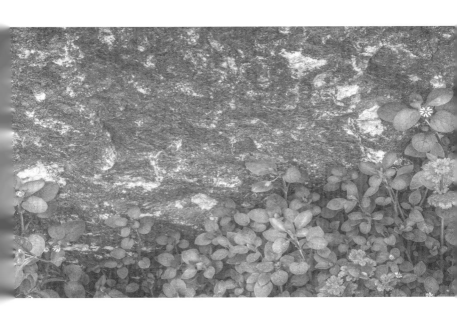

핸드폰 중독

질서 없는 여인이
횡단보도 건너
빨간 불에서
시선 아랑곳 하지 않고
핸드폰에 빠져 있다

생각 없이 건넌
무질서한 행동
큰일도 보통 큰일 날 뻔 한 것이 아니다

누군가 던진 한마디
어머머!
저 여자 미쳤나봐
차가오는데 왜 저래

감시자들

길가에 온통 CCTV
어디하나 숨을 곳 없이
내 생활이 드러난다

못된 행동 몰래 했다가
"이곳은 쓰레기 무단으로
배출하시면
벌금이 얼마라나" 어쨌다나

"위험 하오니
건너가지 마십시오"
선 밖으로 나가주시라 명령한다

조금만 과속하면 벌점 벌금부과
언제 찍혔는지 모르게
딱지가 날아오고
마음대로 주차하면
감시자가 찍어서 쪽지 날아오고

수백 개의 눈들로 인해
오늘도 감시당했지만
누구에게 호소할 길 없다

충고

피가 되고 살이 되는
그 한마디
뭐 그리 나쁜지

듣기 싫은 잔소리
기분 상한 그 한마디
뼛속에 들어가면
지혜가 생기는데

배가 부를 만큼
훈계는
남산처럼 부풀어 올라
내 마음이 멍멍해졌다

삼복더위

김치찌개
두부찌개
순두부찌개
개들이 엄청 많은데

이 많은 찌개 중
멍멍이 찌개
맛있어 하는
우리 사람들
강아지들은 뭐라 할까

외로운 양치기에서
양몰이를 하는 씩씩한
저 아이를 먹자한다

두루미의 자태

꽃사슴보다 더 아름다운 긴 목눈 부릅뜨고
금빛 모래위에 살아 숨 쉬는 춤
물고기들이 반할 만큼 아름다운 자태
씻지 않는 내 모습과 비교되어 한참을 바라본다

맑고 맑은 반짝이는 눈
어디를 바라보는지
동그라니 예쁜 몸매
곧게 뻗은 다리
내 발에 쇠고랑 채운 그의 몸매

포장하지 않은 저 고귀함
인공 조미료가 없는 때깔 좋은 빛깔
가증스럽지 않는 믿음직한 고운 선
때 묻지 않는 세상 부끄러울 것 없는 날개
이 세상 어디 간들 환영하지 않으리
하늘을 날아간들 누가 감히 말하리

아! 아름다움이여!
누구를 바라본들 어디를 바라본들 무슨 말을 한들

상할 것 없는 날갯짓
하얗게 부딪히는 두루미봄 햇살에 사무치도록
여운을 남긴다

거짓말

그대가 믿고 있는 사람
과연 얼마큼이나
믿고 가까이 하십니까
나를 믿고 찾아주는
이 또한 얼마나 있을지
그대는 아십니까

정말 믿고 싶은 이들
모두 실망에 실망 주면서
돈이 거짓말 하지
내가 거짓말 하는 것이
아니라 합니다

믿고 의지하고 싶어서
말 한마디 던져 놓았더니
살이 붙고 뼈가 붙어서
뻥 그렇게 부풀려 놓아
믿을 수 없는 사람이
돼 버렸습니다

바른 생활을 하는 사람처럼
국어 책 못지않게 분위기는
그럴싸했지만
돈으로 인해 하루 아침에
졸개 같이 보였던 것은
돈이 삶을 추하게 했습니다

너에게 이런 친구

너에게
이런 친구였으면 좋겠다

네가 나를 바라다보지 않아도
오늘은 네가 나를 찾고 있구나
통하는 그런 친구

네가 행복할 때
함께 웃어 달라 하지 않아도
나는 너 위해
언제나 곱게 웃는 친구

마음 아파 울 수도 없을 때
너의 곁을 지켜 주는
따뜻한 친구

괴로워 죽을 수 없는 고통
벗어날 수 없을 때
희망 주는 생수 같은 친구

변덕 없는 그 자리
소나무 같이 한결같은 푸른빛

세상 끝 오는 날이면
너의 손 잡고 떠날 준비 됐다
함께한 시간들 너무 고마웠다

"친구야 네가 있어
세상 외롭지 않았다"
라고 말할 수 있는
친구가 되고 싶다

최선

무슨 일 하든
최선을 다하는 것이
내 삶의 주관이다
무엇에도 굴하지 않는
귀천 따지지 않는 것이
내 삶의 철칙이다

무엇 하든
몸이 부서져라 일하는 것이
나의 원칙이다

삶의 무게

지금 이 순간
55키로 짊어진
무겁고 버거운 짐

등이 휘어져
내려놓고 싶다
그럼 죽어야 하나
아니다

풀어 놓아도 무거운걸
누구의 짐 더했기에
내려놓지 못하고
세월은 어깨만 짓누르는지

삶의 미련만 55키로
무슨 상관있기에
내려놓지 못하고
껴안고 있는 건지

모든지 때^陟가 있다

두드릴수록 강해지는
철
뜨거울 때 두드려서
모양 잡아야 하는데
열이 식은 뒤 예쁘게 만들려하니
균형도 없고 보기도 안 좋고
늦게 강해지는 법 배우려니
몸이 말을 듣지 않는다

선^善이 이긴다

선이 이기는 사회
선을 추구하는 나라

세상이 말세라 그래도
세상이 험하다 해도

선으로 물들어 가는 것
악에서 머물 수 없기 때문이다

가을 앞에서

누구의 감정도
가을 앞에서는
건드릴 수 없다

고독이 머물고
쓸쓸해지고
감정 기복 커지고

그리움 생기고
여행하고 싶어지고

한 번씩 쉬어가는
쉴만한 음악 휩싸여
어느 누구든
막을 수가 없다

가을 여인

감정에 채색된
붉은 기운
눈을 뜰 수가 없다

영혼 태워버릴 기세
산 너머 붉게 피어난
산들거림

물감 곱게 풀어 놓고
향수 같은 고향 내음
뿜어내는
그는
가을여인이다

누가 알겠는가

상심이 커지니
한사람 위한 헌신
뭐 그리 소용이 있겠는가!

맑은 샘물
온몸에 흐른다 한들
조약돌이
물의 마음
어찌 알겠는가

바이올린이
첼로에 마음 알리가 없듯
퉁퉁 굵은 선율은
바이올린에 가냘픈 음색을
어찌 알겠는가

열정

시간의 초침
영혼의 흐려짐
뿌연 안개 같이
길을 걸어도
그 길은 보이지 않았다

나도 모르게
점점 멀어져 가는
암흑 속을 헤매고 있더라

변화

시들은 꽃이
물을 먹고 싶어
발버둥 쳐도
언제나 그 꽃은
똑같은 자세로
시간은 그 꽃에
더 이상
물주지 말라 한다

내 노래에 날개가 있다면

민심에 취해보고
가을 풍요에 취해보고
오늘 법은 코에 걸면
코법이고
귀에 걸면 귀법인가

어디에 어울리는 법인지
내나라 법에 나는 울었다

내가 여자인줄 알았더라면
내 나라에서 태어나지 말았을 걸
명예가 하늘 찌르고
내 위치는 발버둥 치고
나를 알아주는 이가 누가 있다고
쓴 소리만 토해내고 있는 건가

옆 나라에서 들려오는
말 같지 않는 말은 또 뭔가

그래도 나는 대한의 딸인걸
어지러운 물결이면 뭐하고
조용한 풍랑이면 어쩌랴
내가 할 수 있는 것은
날개 퍼덕이는 일밖에는
고작
요것뿐인걸

법이 몰고 간 자리

물 만난 법, 돌이 되고
빛바랜 법, 어느 돌덩이로 변할지
딱딱한 바위 됐다

세상은
먹먹한 가을 속으로
풍요만 남고 사라질 건지

오늘 먼 하늘 바라보고
그들이 쓸고 간 자리
뒤돌아보고만 있을 건지
비상하는 독수리처럼
몰고 갈 것인지

형무소

저 하늘에 가을
아파트 높이만큼
낮은 이유는 뭘까

목깃
길게 세워도
눈을 크게 떠도
귀를 열어도
커지지 않는
당나귀 귀
자꾸 길어지기만 하고

감옥에 갇힌 날
여느 날과 똑같이
컴퓨터와 씨름해도
좌불안석坐不安席이고
먹잇감이 책상에 지천인데

사무실 천정에
멍하니 작은 빛이라도
받을까 바라보는데
감옥이 따로 없다

풍요의 노래

가을이라
풍요로운 것이 아니다
마음이 행복해서 풍요하다

널려진 가을걷이
한 땀, 한 땀 수확한
농부의 알알이
심어놓은 벼이삭

통통해진 10월
가을 냄새
만끽하는 것들로
코를 찌른다

비 오는 늦가을

폴 모리아(Paul Mauriat) 악단의
음악이 당기는 날
창가 내다보며
오늘 너에게 한마디
하고픈 말 해줘야 겠다

여름 내내 파란색이
갈색 될 때까지
자연의 이치대로
가고 싶은 겨울 향해
보내고 싶지 않아도
추운 곳 향해 가거라

사람 행세하는 로봇청소기도
창밖을 바라보는 나더러
충전하는 곳을 향해 가면서
"또 뭔가요?
좋은 말 할 때 내려놓으세요
뭐가 걸린 것 같아요
나 좀 살려 주세요"

방안가득 먼지 쌓인 무거운 짐
휘파람 불며 떠나는 너도
가야한다면 보내줄게

에콰도르의 감성

경쾌한 독수리 날갯짓
특유의 감정 건드려
눈 감아보니
전통의상 입은 여인
아름다운 매혹에 빠질 만큼
헤어나지 못하게
폭포 속으로 끌고 들어간다

가슴 후벼 파는 고독의 파동
그들은 더 이상 인디언의
아픔 내지 환희 부르는
음악 아닌
아름다운 물소리였다

자유로운 펜 플롯 소리
Leo Rojas의 몸짓
늘어트린 긴 생머리
계곡 속으로 녹아내려
사랑스런 아기의 살결 같은
그의 퉁퉁 불어내는 악기의 선율

감정 구속 시키는 날
별들이 무수한 날
신이 깔아놓은 밤
연주하는 그의 찬양

주최할 수 없이
마음속에 깔아 놓은
에콰도르의 손짓
오늘 나를 죽인다

친구야! 미안해

초등학교 때
'찌질이'이었던 내가
동창생 친구에게
그것도 고등학교 때
같이 몰려다니는 친구들과
그에게 심하게 상처 입혔다

얼마나 많이 아팠을까
내내 걸려서 가슴 한편이 시렸던
무수한 날들
그냥 묵묵히 큰 아픔 주고
30년이 넘었는데

그가 나를 용서하는 목소리로
부드럽게 전화해 주었다
"시집 냈구나, 축하한다."
눈물이 왈칵 쏟아졌다

미안한 눈물이 전화기 속으로
줄 줄줄 타고 들어가
친구의 귓전에 들어갔는지
"감기 걸렸구나"
"응"

"사람들이 그러는데
코맹맹이 소리들 한다네."

이렇게 밖에는 친구에게
용서를 구할 수가 없었다

너는 나를 용서 했구나!
친구야!
미안했다
진정 너는 천사였어

스트레스

등 뒤에 서있는 싸늘한 기운
홀로 사무실 앉아 청승 떨고 있을 때
까맣게 그림자처럼 등에 기대있는
스트레스가 업혀서
나갈 생각하지 않는다

낙엽이 차갑게
창가에 착 붙어 앉아
한 장에 편지로 불붙은 소리로
사랑노래 부르면서
눈 기다리고 있다

전화기에서는 딩동
부고가 울리고
생을 다한 낙엽들
내 곁을 떠나고 싶어
발버둥 치는 겨울날 울음

음악이 아무리 향기로 와도
사랑만큼 좋은 냄새가 나랴
이 밤 실컷 가을 만끽하고 가던
바람에게 물어 보련다

하얀 눈 기다리는 여인이
어디까지 왔는지…

시대의 흐름

어느 여인의 시를 읽으면서
호소력 있는 남자의 대상은 여자
Me Too가 가슴 아프게
마치 여자를 몰아가는
댓글이 리얼해서
내 머리가 갑자기
얼어붙는 듯 했다

그는 당당한 자기주장을
잘 표현했던 말들이 적혀 있고
하고 싶은 말 다했다

세상은 아니 매스컴은 마치
그가 왜곡된 이야기 쓴 것 마냥
법의 심판대에 놓고 칼질했다

글 쓴다는 것은
마음속에 있는 것들
쏟아 내는 작업인데
마음껏 털어내는 것조차
석연치 않게 보는 요즘

조선시대 걸었던
여인들의 말 못할 고민
땅위에 수백 번 써놓고
몇 번을 지웠을까

하루 인생

노을이 뜨거워지기까지
낮 동안 얼마나 수고를 했을까

아침부터
동그랗게 만들어진
바다 속에 숨어 있던 해돋이

삶의 원천은
눈뜨기부터 시작하여
해지는 날
마무리를 하기까지
우리 인생의 종점은
저녁노을이 붉기까지이다

바둥바둥 대면서
결과를 보기 위해
저 끝을 향하여
걸어가면
숨 가쁘게
숨차게 뛰어다녔지만
결과는 죽음이다

그놈의 눈물

울 일도 많다
시도 때도 없이
슬퍼서 울고
힘들다고 울고
아파서 울고
행복해 울고
기뻐 울고

쏟아내도 그놈은
어디서
만들어 지는 것이기에

샘솟는 눈물의 원천
닦아도
마르지 않는데
이래도 욕먹고
저래도 욕먹는
넌
눈물샘이니
옹달샘이니

죽음

태어날 때
환희와 축복
순서도 없이
줄도 서지 않고
세상에서 돌아다니더니

행복 찾으려고
발버둥치는 사람
발목 잡으면서
고통은 고통대로 주는
너는 도대체 어디서 와서
어디로 가는 거니

온 가족들 슬픔에 잠기어
옴짝달싹 못하게 하는
넌
누구의 삶이길래

김은영 창작시집
내 노래에 날개가 있다면 2부

내가 사랑하는 가족들

내 사랑하는 내 아가들아!

너희들이 태어날 때
세상이 온통 즐거움과 환희 기쁨이었다
아장아장 걸어 다니면서
너희들 일거수일투족이 나의 자랑거리가이며 전부였다

떼쓰면 그 자리에서 화가 났지만
뒤돌아보면
똥을 싸도 예쁘고 징징거려도 예쁘고
고집 피워도 사랑스럽고 나를 닮아서 그렇지
아빠 닮아서 그렇지
고슴도치가 왜 제 새끼 예뻐하는지 알 것 같았다

내 사랑하는 내 아가들아
너희는 내 인생의 행복 덩어리였다
점점 커가면서 너희들 머리가 커지니
엄마와 대화하는 시간도 짧아졌고
학교에서 돌아오면 문 닫고 들어가 나올 생각 안 하니
내 아가들 안아보고 싶을 때도 많았단다
한 번도 속 썩인 적 없는 너희들한테
고맙고 사랑하는 것을 알았으면 좋겠다

다른 집 아이들이 엄마랑 손잡고 다닐 때
내가 우리 아이들한테 사랑 못줘서인가 하는 생각에
너무도 미안한 마음이 들어서
무늬만 엄마인 나를 용서하라고

눈물 흘리기도 했단다

직장 다닌다는 핑계
바쁘다는 핑계
삶에 찌들어 무엇을 어찌 해야 하는지
나이 어려 시집 오니
아무 것도 할 줄 모르고 아는 것도 없어서
철없는 나를 가르치려 했던
아빠가 가끔 밉기는 했지만
성숙해 가는 과정이라 생각하면서
엄마를 사랑해서 그렇지 하고
기도하면서 살았단다

내 사랑 내 아가들아
이제 둘 다 성년이 되면서 너희들이 가정을 가지면
엄마의 마음 조금 알까 모르겠지만
늘 건강하고 기쁘게 행복 나눠주는
내 아가들이 되었으면 좋겠다
사람들에게 좋은 사람으로 기억 되는 아가들
나를 사랑해야 다른 사람도
사랑할 줄 아는 것이고
형제끼리 서로 이해하고 아껴주면서
행복한 가정 안에서
예수님 오실 날까지 하나님 신실히 믿는
내 사랑하는 아가들 돼 주기를
2집 발간하면서 당부한다

동치미 국물

살얼음 동동 뜬
동치미 국물 들고 나가시는
엄마의 발걸음 바빠진다

옆집에 연탄가스 맡은
사람들이 방에서 억지로 기어 나와
마당 가운데 널브러져 있고

동치미를 마신 실신한 사람들이
차가운 바닥에서 몸을 일으키면서
깨어나기 시작 한다

부엌에 가보니 연탄이 모두 타버리고
하얀 재만 남아 있으니 그때까지
얼마나 많은 고통을 참았을런지

신통방통한 동치미
일산화탄소에 중독돼
정신을 잃게 하는 좋을 때 한없이 좋은
나쁠 때 악마처럼 변했던
그 옛날 연탄이 오늘도
출근길 위에 덩그러니……

엄마는 타고난 재를 얼음위에 놓고 지지,
밟고는 에이 몸 쓸 놈
때론 미끄럼 방지재로
사용하기도 했던 연탄

보양식

오늘은 삼복인데
귀여운 강아지 보양식
먹으러 가자한다

하필이면…

울 엄마표 칼국수

칼국수에도
특허품 있다

쫄깃쫄깃한 콩가루 썩힌
국숫발
쓱쓱쓱
홍두께로 밀어
먹음직스럽게
마룻바닥 한가득 펼쳐 놓고
한석봉 못지않은 솜씨
착착착 썰어 차곡차곡
쟁반위에
예쁘게 늘어놓으신
울 엄마 칼국수의 달인

멸치, 다시마, 양파, 무, 버섯
시원하게 간을 낸 국물
호박 채 썰고
감자 반달 모양으로 썰어
참깨 고소하게 넣어 먹으면
우리나라에서 제일 맛있는
칼국수는

이가 빠지고
틀니가 덜거덕거리고
말이 어눌하고
손이 느려서

이제는
그 옛날 그 맛은
아주 예뻤던 울 엄마 주름 속으로
사라져 버렸다

세상에서 하나뿐인
울엄마표 칼국수

이름만 엄마

겉치레만 보기 좋은
엄마는 이제 그만

행세만 그럴싸하고
무늬만 좋은 엄마

무심코 하는 책임감
당연히 해야 하는 의무감
쓴 소리 전갈하고 싶지
않은 이유인가

머리가 좋은 유전자
성격 예민하지 않은
평온함
존경받을 만한
엄마

제대로
사랑 듬뿍 주지 못하는
나는
이름만 엄마다

나를 강하게 했던 내 아가들

나를 강하게 만드는
두 아들
감정을 안정시키는 사랑표현
속 썩일 때가 언제였던가

크게 어긋나게
반항하지 않았기에
하늘의 지혜와 지식대로
하늘의 능력대로 뜻대로
순리가 동반하는
진실이 나를 강하게 했다

고슴도치 고통은
가시만 있으면 어떠랴
예쁘고 사랑스런 내 아가들인데

아기야!
내 아가들
사랑스런 아가들
이렇게 감사한 것을
오늘 너희들 위한
축제가 심장에서 요동친다

심장이 터지기 전

고독이 쓰리다 못해
기다림에 지친 서리가
하얗게 내린 사랑하는 남편의 머리
생계를 위한
싸움에서 졸린 눈 비비며
현관문 비밀번호를 누른다

밤새 찌든 발 냄새 풍기고
어제 나갔던 차림에 묵은 니코틴 향
눈썹이 휘날리도록 달려온 남편
잠과 씨름한 미안함 의식하며
삶의 애착 뒤로하고 수면 위한
샤워를 한다

이 악물고 참고 견디어 내는 것만이
긴 밤 등에 지는 것이 아니라는 걸 알면서
한마디 지껄여 보지만 먹고 살라면
어쩔 수 없다고 토를 달아내는 남편

한계가 다다른 듯 컴퓨터의 의존해
지친 몸 쇼핑의 즐거움으로
그나마 달래보지만
눈꼬리는 하늘로 치솟아 견딜 수가 없다

한마디 잔소리로 가정이 편해질 것이냐
시끄럽게 하여 생업을 전환하느냐

세치의 혀로 인해 엎치락뒤치락해지는데
참을 인을 세 번 마음속에 새기며
억지의 현명함을 쓴 미소로 바꾸어 본다

밤새 잠 못 자고 돈버는 나는
좋아서 이 짓 하냐고
푸념 아닌 반색을 하는 넋두리 듣는 순간
차라리 이 한 몸 희생하자

침대에 들어간 지 5분도 안되어
코고는 소리 방안을 진동하는데
무엇을 먹을까 무엇을 입을까에
촉각을 곤두세우고 있다

어머니도 그랬을 것이다

행복의 만찬이 식탁을 채우던 날
엄마!
사과 꼭지가 그렇게 맛있어요?

과일 한 조각 더 먹이려고 사과 갈비만
먹는 나에게 작은아이의 철없는 말
갈비라서 맛있다고 얼버무렸는데
아마 내 어머니도
자식 위해 그렇게 하셨을 것이다

긴 잠에서 꿈속을 누빌 때
뒤척이는 소리에 이불 걷어찰까
덮어 주셨을 것이고
몇 번씩 깨워야 신경질 내며
눈을 비비고 일어났을 것이며
반찬 투정은 또 얼마나 했을까

손등이 터지도록
가슴이 아리도록
밭일하며 맛있는 반찬 먹이려고
한두 푼에 목숨 걸었던 왠수 같은 돈
이불속에 밥 한 공기 피눈물 사랑
묻어두었을 것이다

누군가 건네준

피자 한조각과 음료수
애들이 좋아하는 음식을 먹을라치면
큰애가 좋아하는데…
아니 작은애도 좋아하는데…
분명 내 어머니도 그랬을 것이다

허리춤에 숨겨 놓았던
찰떡이 생각이 나게 하는
이 저녁
때 아닌 바람이 웬 말인가
찬 기운이 가슴을 쓸어내린다

옷 한 벌 사 입으려면
열두 번도 더 생각해야 했고
헤진 신발사려면 가게 문 들락날락
인상 쓸 만큼 망설임에 지친 주인
조금 더 있다

에이 나중에 사지 뭐
망설이다 세월 갔을 테인데…
떡 한 조각
가슴에 걸려 있을
말로 하는 사랑과 몸으로 실천하는
두 가지 사랑 다 보여주셨던
내 어머니
그러나
아버지는 아내의 사랑을 위해
사셨을 것이다

울 엄마가 그랬듯이

엄마는 또 김치걱정
관절 틀어진 손가락으로
고무장갑 끼지 않은 채
찬물 손 담구며 바람 부는 날
겨울 김장에 체력 소비하신다

그 옛날 나 어릴 적
엄마의 품앗이는 이집 저집
동네 사람들의 손길 가득 담긴
아줌마들의 합작 김치

아버지 김치 항아리 구덩이 파고
삶은 돼지고기에 궁합 맞는
막걸리 등장하여
김치 소에 싸서 시뻘건 고춧가루 묻은 손
춤추게 하여 한판 노래가 벌어진다

김치와 함께 버무려진 동네잔치
그 옛날 내 고향의 냄새

김치 가져가라는 엄마 전화
철없는 딸의 투정 아시는지 모르시는지

불만 가득하여
사먹으면 될 것을
그놈의 김치 왜 해서 귀찮게 해

생각 없는 말 내뱉는 딸은 철부지

정성 담긴 엄마표 김치
언제나 그랬듯이
불효하는 나를 뒤돌아서서 눈물 짓게 한다

김은영 창작시집
내 노래에 날개가 있다면 3부

나에게 사랑이 찾아오면

아줌마는 외롭다

그리움에 목말라 있는
아줌마에게
가을이 다가왔다

누군가 손잡아 주면 모른 척
이끌려 갈 것 같은
정열로
붉게 타오른 낙엽에
사랑한다 말 새겨 놓으면
가슴이 설레어진다

겨울로 향하는 단비가
쓸쓸히 마음 적시고
홀가분하게 짐 벗은 나뭇가지처럼
가정의 굴레 벗어나
함께 가을여행 하자면
사랑이 앞서는 대로 하고 싶어진다

사랑하는 아내의 품보다
가을정취 포옹하고 싶은
남자들만 가을 타는 것은 아니다
아줌마의 가슴에
나이 상관없이 태우고 싶은
애정 복받칠 때가 있다

아줌마는 외롭다

아줌마는 누군가 그립다
아줌마는 어디로 떠나고 싶어진다

일상적인 생활의 틀에서
완전히 벗어나
자아 잃어버린
가을여인으로 탈바꿈 하고 싶다

바람소리 함께
아무 생각 없이 커피 한잔
여유 즐기며
가을여행이라는 가이드에게
이 감정 기대고 싶다

별 속에 너

달님 턱 괴이고
가지런히 앉아
사랑스런 이야기 꽃 피우며
알알이 박힌 초롱초롱한
꿈을 심어주는
너를 버릴 수 없다

유유히 흐르는 그리움의 빛깔
가슴속 보고픔 하나 쏟아 부은
너이기에 너를 버릴 수 없다

하얀 이 드러내고
나 위해 반짝여주고
사랑노래 예쁘게 불러 주고
땅으로 떨어질 때 통곡하는
은하수 잠재우는 너

내 치마폭 자락에
내일 그려 주는 너이기에
너를 버릴 수 없다

미치도록 네가 보고 싶어 달려가면
언제나 너는 나를 기다려 주는 한 남자
빈자리 채워주는
별속에 너이기에 너를 버릴 수 없다

기다림이 없는 사랑

그리움 없는 기다림은 아프다
짧은 시간이 흘러
작은 영혼 심장 두드리고
흐르는 음악 그의 발자국

내 귀에만 들려오는 소리
나만 들을 수 있는
천년의 기다림
기다림이 아니다

다시 태어나 내 곁에 오기를
고대하다 잠들어 버린
기다림은 깨어나지 않는다

상기된 목소리
고독에 휘말리고 울려 퍼져
그는 오지 않는다

나의 기다림과 상관없이
천년의 세월만 무심하게
바라보라 한다

무언의 침묵

오늘은 왜 그리 사람이 그리운 것일까
아무도 오가지 않는 곳
덩그러니 홀로 있는 지옥

숨소리도 연말엔 사치인 듯
외로움으로 가득한 공간
음악으로 가득 메운 냉기

적막 깨우는 핸드폰 소리
영양가 없는 말만
방안 가득 메우고
생사 넘나들 것 같은
지친 영혼의 물결
쓰러질 만큼 일렁인다

뭐 이런 날이 있을까
어디에 시선 두고
어디에 마음 고정해야 하나

중년의 달력 한 장에서
며칠이 십년 만들어 내듯
내일을 두려워하고 있다

민들레 세상

사랑은 아기자기하고 예쁘게 하얀 마음 만들지만
이별하고 나면
홀씨처럼 세상 향해
아픈 가슴 어루만지며 하늘로 날아간다

곱게 핀 민들레 마음처럼
영혼의 날개 펼치며 피어나지만
옅은 바람에 가냘픈 몸매 흔들며 진하게 피어났다

이유 같은 이유로 세상 부럽지 않을 만큼
훨훨 날아가는
오늘도 세상 미련 없이
자유 찾아 떠난다

동해 바다로 가자

가슴 찌들어 있을 때
소금 빛 맞으러 동해바다로 가자

마음이 메말라 있을 때
하얗게 포물선抛物線을 그리는 파도와 사랑하러
동해바다로 떠나자

허덕이는 오징어 떼
사르르 발가락 모래사장
속삭이는 조개들의 하얀 음성
짜고 매운 그리움 놀이터

누군가 죽도록 미워지고
누군가 죽도록 얄밉고
누군가 죽도록 용서 안 되면
동해바다로 가자

갈증 나는 여행
그곳에서 사랑을 배우고
시원한 영혼 풀어 헤치며
마음속 깊이 믿음에 싹 키우자

만사가 귀찮고 싫증나면
그대들이여!
동해바다로 함께 떠나자

낙엽이 떨어지면

나무들이 홀가분하게
무거운 짐 벗어 버리고
하얀 눈 기다리고 있을 때
가슴 설레는 사랑
한 번 더 해보고 싶다

가볍게 스치는 뺨 위에
토막토막 잘려진 추억들
나부려져 집착으로 구석구석
문득 피와 함께 흐른다

저물어가는 세월 밖에서
서성이다 놓쳐버린
깊고 짙은 여울 빛 사랑
신선하고 순수한 첫사랑
가슴 벅찬 그런 사랑하고 싶다

다듬고 다듬어서
예쁘고 귀여운 추억
사랑하면 지지러질만한
노을빛 사랑
낙엽이 떨어지면
쓸쓸한 나무에 걸어놓고 싶다

이제는 떠날 만도 하건만

꿈속 헤매다 돌아와 보니
칙칙한 사랑의 여운
방안 가득 채색되어 있었다

사랑도 아닌 것이
연민도 아닌 것이
고독 짊어지고
봄의 빗줄기 따라
외로운 사냥 했다

사랑 잊기 위해
하늘 날아도 보고
푸른 강 헤엄치기도 하고
바다 위 걸어도 보았다

몇 번씩 꺼내보고 싶은 사랑의 미소
마음과 생각이 평행 이루지 못해
삐거덕 거리는 추억의 영혼
이제는 떠날 만도 하건만
미련의 쳇바퀴는 여전히 돌고 있다

이별이 아픈 줄 알았더라면

이별이 아픈 줄 알았더라면
사랑하는 연습 해보고
헤어지는 연습도 해 보고
눈물 흘려도 보았을 텐데

상처가 아려야 이별 체념하고
사랑이 곪아 통증 일으켜야
그리움이 아픈 줄 알았고
약을 바르며 눈물 흘릴 때야
이별인줄 알았다

노을빛 땅거미 휘감으면
죽을 만큼 힘들고
유난히 반짝이는 별
밤을 뒤척이게 하는 달
하늘빛 노랗게 물들어야
이별이 아픈 줄 알았다

밤새 이불 뒤척이고
입맛이 없어지고
손발이 저리고
외로움이 치를 떨고
목소리가 떨리고
이별을 연습 했었다면
사랑을 아파하지 않았을 것이다

외로운 섬

여인이 울고 있다
사람이 그리워
사랑이 그리워
발버둥 쳐보지만
누구하나 다가오는 이 없다

고독해 미칠 것 같다
고작 내 인생은 요것 뿐
비축해 놓은 인연의 겹
모두 어디로 가 버린 것인가?

고요 속에 나를 묻어두고
어둠속에 나를 감추고
흰 눈 위에 나를 심어도
쓸쓸해 반은 실신할 것 같다

섬에 갇힌 나는
배가 오기를 기다리지만
사람이 부르는 소리 듣고 싶은데
남의 것을 탐내는
유혹만 전화에 난무하다

천년만년 살고 싶은
내 사랑하는 이의 사랑은
축축한 마음 방안 가득 흘러도
꿈속의 궁전에서 코만 드르렁 곤다

미련

이제는 놓아 주겠습니다
당신이 내게 남기고간 보고픔과 그리움
이제는 보내 드리겠습니다

귓가에 쟁쟁히는 뼛속 깊이 흐르는
당신의 밀어 이제는 떠나십시오
돌아오지 못하는 곳에 계시면
내 가슴에서 영원히 이제는 잊고 싶습니다!

내 영혼을 파먹는 당신의 추억
그리고 미련
언제까지 아름다웠던 모습으로
내 삶에 귀퉁이에 앉아 시린 가슴을 움켜쥐게 하시렵니까

이제는 버리고 싶습니다
문득 떠오르는 고독과 외로움 속에
더 이상 허덕이고 싶지 않는 이유 때문에
이제는 벗어나고 싶습니다

당신의 기억 속에 미칠 것 같은 보고픔
내 상상 속에 죽을 것 같은
당신의 그리움 이제는 영원히 지워버리고 싶습니다

내 몸속에 움틀 거리는 달콤했던 사랑의 잔해들
제발! 이제 훨훨 날아가십시오!
볼 수 없고 들을 수도 없는 머나먼 곳으로

행복

이름 없이 찾아온 외로움
별들은 이유 없이 지쳐
거친 숨소리만 심장 속으로 몰고 와
그리운 사랑 이야기 펴놓은 밤

고상한 와인 한 잔에 추억 안주삼아
음악이 피어오른 고독 즐기며
세상 속으로 걸어간다

당신은 나의 심장이요
나의 생명이었다

꿈을 꾸어도
긴 잠에서 깨어 있어도
아침이슬을 마셔도
저 깊은 산속에 숨어있는
그대

달콤한 이야기 전해준
생을 위한 생명력
꽃길을 걸어 다녀도
언제나 내 곁에서
살아 숨 쉬는 그대는
나의 심장이었습니다

그대가 보고 싶어

베란다 창문을 열고
한곳에 시선을 모은 채
나의 사랑아…
천년을 사랑해도
모자란 나의 사랑아…
그대는 나의 전부이기를

허상

당신 모르잖아요
기다림이 얼마나 슬픈 것인지
또 그리움이 얼마나 외로운 것인지
갈비뼈 으스러지도록 이를 악물고
나를 안아 보고 싶어
울어 본적 있나요

못 해봤잖아요
사랑하는 사람이 보고 싶어
손수건이 흠뻑 젓도록
심장이 깨지도록
넋을 잃어 본적 있었나요

아시나요
당신의 미소가 저녁노을 속으로
서서히 빨려 들어갈 때
다시는 당신 볼 수 없을 것 같아
캄캄한 밤이 야속했던 적 있었던 것을

지금
무엇 때문에 내 곁에 있는 건가요
그리움 때문에 지구가 한 바퀴 돌도록
숨이 멎을 것 같아 헐떡이고 있을 때
어디서 무엇 하고 있나요

당신
내 모두를 갖고 싶어
정열에 화살을 쏘아 본적 있나요
그 화살에 맞아 죽을지언정
불빛 나는 화살촉에 보고픔 달래달라고
젖 먹던 힘을 다해 쏘아본 적 없지요

무조건 달려 와 봐요
내 머릿속에서만 맴돌지 말고
내 눈 속에 들어와 사랑을 보여주고
내 귓속에서 소곤거리고
콧등이 시리도록 찡하게
허망한 꿈이 아니라는 것 보여줘 봐요

가을이 온 줄도 모르고

예쁜 단풍들이 길거리를 나뒹굴어야
가을인줄 알았더니
사랑하는 이와 함께 손잡고
여행하고 싶어서 가을이 온줄 알았다

그대가 보고 싶어 가을인줄 알았지만
낙엽이 떨어지기에 가을인 것을
그대가 떠나고서야 알았다

가슴을 파고드는 그리움 때문에
쓸쓸한 가을이 다가온 줄 알았지만
황금물결이 일렁일 때마다
사무치도록 보고 싶기에 가을인 것을
그대 떠난 빈자리에서 알았다

저녁노을이 유난히 붉게 타오를 때
완연한 가을인줄 알았지만
그대 넓은 가슴속에 안기어
행복을 느끼고 싶을 때
가을이라 말하고 싶다

옷깃을 여밀 때마다
바람이 고독해 미칠 것 같을 때
죽을 것같이 그대가 보고 싶어서
가을이 온 것을 알았다

핸드폰에 가을을 노래하고 싶은 여운
가냘프게 그려 넣고 싶을 때
떠나보낸 이에게
편지 쓰고 싶어 가을인 것을 알았다

마음에 보슬비가 보슬보슬 내려서야
함께 걷고 싶은 사랑하는 이의
우산이 필요해서
가을이 온 것을 알았다

자장가

그대여!
나를 위해
까만 별이 되어 주오

살며시 이마에 손 얹으시고
밤을 위해 반짝이는 빛으로
나를 찾아와 주오

황홀한 빛을 발하여
찾아오시는 발자국
종종 걸음으로
사푼히 오소서

우주에 모든 거민^{居民}들
잠들게 하는
자장가로 유혹해도
오직 당신만이
내 사랑이기를 서원합니다

상관

당신과 아무런 상관없다면
이렇게 아프지 않았을 텐데
당신이 나의 전부가 아니라면
이 가슴 이렇게 아리지 않았을 겁니다.

슬픈 영혼 속에 나를 잠재우느라
밤새 잠 못 이룬 새벽
한잔의 새벽이슬 마시고
따뜻한 사랑 피어날 때
마지막일 것이라는 생명의 담보물

주고 싶은 사랑 모두 주고
흙으로 돌아갈 겁니다.

실망스런 말
한 장의 그림이라도 남길 걸
오직 당신 있어 내일이 있다고
말할 걸 말입니다

사랑하는 당신이여!
오늘도 당신 있기에 일할 수 있고
당신 있어 심장이 뜨거워지는 날입니다

열심히 헛되지 않게
인생 사랑하면서 살겠습니다

사랑할 때

사랑할 때 세상 모든 것들 싫증나지 않았고
사랑할 때 모든지 긍정이었으며
자연이 내게 아프게 하여도
사람들 내게 짜증내어도
심장이 아프지 않았다

사랑할 때 멋지고 예쁜 옷들만 입고
사랑하는 이에게 보여 주고 싶었고
짙은 화장으로 나를 포장하고 싶었고
열정 다해 정열 쏟아 붓고 싶었다

사랑할 때 모든 일이 행복으로 가득 했고
우울하고 지칠 때 사랑하는 이 있어 견딜 수 있었다

사랑할 때는 비가 오는 날에도
화창한 날에도 민감하게 다가왔고
거리에서 들려오는 유행가 가사도
내 사랑 노래 한 듯
가슴 아프게 하기도 하고
그립고 슬프게 하기도 했다

사랑할 때 세상이 아름답게 보였고
예쁜 추억만 간직하고 싶은 것이
사랑하는 사람들의 소원이자 소망이었지만
이별 후 오는 텅 빈 가슴
이별보다 더 무서운 사랑 다가왔다

특별한 사람

점점 앞으로 갈수록
까맣게 타들어 가니
세월의 빛은 바래지고
흐려지는 영혼이 점점
극에 다다랐는데
지옥불에 던져져도
무수한 별들 중
제일 빛나는 별이 되기를

기다림의 비

오늘은 그대가 좋아하는 비가 되고 싶습니다
내가 좋아하는 보슬비가 아닌
 그대가 좋아하는 소낙비 말입니다

오늘은 천둥비가 되고 싶습니다
가늘게 외로움 타는 빗소리 아닌
 큰소리로 당신 귓전에 울리는 천둥 비말입니다

오늘은 당신이 좋아하는
큰 빗방울이고 싶습니다
 작은 빗방울의 여인이기 보다 큰 빗방울로
 당신가슴에 고귀하게 적셔 드리고 싶습니다

오늘은 그대가 즐겨 찾는
비구름이고 싶습니다
우산 찾는 여인이기 보다 그대 사랑
 차지하는 비구름이고 싶습니다

오늘은 장맛비가 되고 싶습니다
세상에 슬픔 흠뻑 적실 장맛비 아닌
당신 가슴 흠뻑 적실 장맛비 말입니다
당신이 기다리는
기다림의 비가 되고 싶습니다
하늘 바라보며 내가 오기 기다리는
기다림의 비말입니다

당신이 좋아하는 생수 같은 비가 되고 싶습니다
갈증 갈급 하는 생수 같은 비말입니다

당신이 좋아하는 사랑비가 되고 싶습니다
내가 좋아하는 사랑비가 아닌
당신이 나를 좋아하는 사랑비말입니다

오늘 당신이 좋아하는 태풍이고 싶습니다
잔잔한 태풍이기 보다 비바람 몰고 올
 위니아태풍 A급의 비말입니다

겨울에게

당신께 시 한편 올립니다
추운 날 당신은 종종 걸음으로
나에게 다가오지만
나는 성큼 성큼 다가가서
사랑 보여 주고 싶어 합니다

겨울이 오기 전부터
낙엽위에 쌓인 눈 보고 싶어
성질 급한 여인 바라보는 당신의 바람

오늘도 창가에 앉아서
턱 고이고 살얼음이 되어
먼 곳 바라보는 것
처량한 짝사랑 하듯
창문 들여다봅니다

급하지도 않으면서
바쁜 척하는 나를
따스한 미소로 답해주는 그대
어디에서 오는데 미리 와서
세상을 영하권으로 만드나

재주 부리는 당신께
편지 쓰고 싶어집니다

두꺼운 옷 한 벌
마련해 놓은 내 마음 아느냐고

가을의 중병

자주 쓸쓸해지는 것은
사랑이 가져온 상처일 것이다

자주 외로워지는 것은
쓸쓸한 바람이 불어오기 때문이다

누군가 그리워지는 것은
내가 가을 심하게 타는
중병 때문 일 것이다

누군가 보고파 지는 것은
사랑 받고 싶어지는
생각하고 있기 때문 일 것이다

알 수 없는 그림자

알 수 없는 영혼들
사랑의 그림자 되어
하늘에 하얗게 그려
부끄럽지 않은 깨끗함으로
구름 타고 그곳으로 간다

내안에 흐르는 물결
여유로운 흔들림
이슬 같은 입김으로
언덕에 올라보니
어떤 두려움도
모험이더라

갈급했던 간절함
흐느껴 울 때까지
저녁노을에 쏟아 부었다